Das Buch

In diesen sieben faszinierenden Geschichten erzählt Isaac Bashevis Singer, der wohl bedeutendste in jiddischer Sprache schreibende Dichter, fast märchenhaft anmutende Dinge aus seiner Heimat Galizien. So berichtet er von Zlateh, der Geiß, die in der Stadt verkauft und geschlachtet werden soll; von dem Pechvogel Schlemihl und dem faulen Atzel, denen es nicht gelingt, zu sterben; vier Mädchen, die im gleichen Bett schlafen, bringen ihre Beine nicht mehr auseinander, und der Teufel tritt sogar persönlich auf und läßt sich Flügel wachsen. Dem Geist dieser Geschichten entsprechen die originellen Illustrationen von Maurice Sendak aufs vollkommenste.

Der Autor

Isaac Bashevis Singer wurde 1904 in Radzymin in Polen geboren und wuchs in Warschau auf. Er erhielt die traditionelle jüdische Erziehung und besuchte das Rabbinerseminar. Mit 22 Jahren begann er für eine jiddische Zeitung in Warschau Geschichten zu schreiben, zuerst auf hebräisch, dann auf jiddisch. 1935 emigrierte er in die USA und gehörte dort bald zum Redaktionsstab des ›Jewish Daily Forward‹. Singer lebt heute in New York. Für den Roman ›Feinde, die Geschichte einer Liebe‹ erhielt er 1974 den National Book Award. 1978 wurde ihm für sein Gesamtwerk der Nobelpreis für Literatur verliehen.

dtv-großdruck

Isaac Bashevis Singer:

Zlateh die Geiß und andere Geschichten

Mit Zeichnungen von Maurice Sendak

Deutsch von Rolf Inhauser

Deutscher
Taschenbuch
Verlag

dtv

Von Isaac Bashevis Singer sind im Deutschen Taschenbuch Verlag erschienen:

Feinde, die Geschichte einer Liebe (1216)
Der Kabbalist vom East Broadway (1393)
Leidenschaften (1492)
Als Schlemihl nach Warschau ging (2523)

Ungekürzte Ausgabe
1. Auflage November 1978
2. Auflage April 1980: 11. bis 15. Tausend
Deutscher Taschenbuch Verlag GmbH & Co. KG, München

Umschlaggestaltung: Celestino Piatti
unter Verwendung eines Bildes von Maurice Sendak
Gesamtherstellung: Kösel, Kempten
Printed in Germany · ISBN 3-423-02522-0

Inhalt

Vorwort

Kindern gibt die vergangene Zeit genauso zu denken wie Erwachsenen. Was geschieht mit einem Tag, wenn er einmal vergangen ist? Wo sind alle unsere Gestern mit ihren Freuden und Leiden? Literatur trägt dazu bei, uns an das Vergangene mit seinen vielen Stimmungen zu erinnern. Für den Geschichtenerzähler ist das Gestern noch gegenwärtig, wenn auch Jahre und Jahrzehnte verfließen.

In Geschichten verschwindet die Zeit nicht, auch Menschen und Tiere nicht. Für den Schreiber und seine Leser leben alle Geschöpfe ewig fort. Was vor langer Zeit geschehen ist, ist noch zugegen.

Aus solcher Einsicht habe ich diese Geschichten geschrieben. Im wirklichen Leben begegnet man vielen der Menschen, die ich beschreibe, nicht mehr, aber für mich bleiben sie lebendig. Und ich hoffe, sie werden den Leser vergnügen mit ihrer Weisheit, ihren seltsamen Ansichten und manchmal mit ihrer Dummheit.

Ich widme dieses Buch den vielen Kindern, die niemals richtige Kinder sein konnten wegen dummer Kriege und grausamer Verfolgungen, die Städte verwüsteten und unschuldige Familien zerstörten.

Ich hoffe, daß die Leser dieser Geschichten,

wenn sie einmal Männer und Frauen geworden sind, nicht nur ihre eigenen Kinder lieben werden, sondern alle guten Kinder überall.

I. B. S.

Ein Narrenparadies

Irgendwo und irgendwann, da lebte ein reicher Mann mit Namen Kadisch. Er hatte nur einen Sohn, und der hieß Atzel. In Kadischs Haus wohnte noch eine entfernte Verwandte, das Waisenmädchen Aksah. Atzel war ein großer Junge mit schwarzem Haar und dunklen Augen. Aksah war etwas kleiner als Atzel, blauäugig und blond. Sie waren beide etwa gleich alt. Als Kinder aßen sie zusammen, lernten sie zusammen und spielten sie zusammen. Atzel spielte den Mann und Aksah die Frau. Es galt als ausgemachte Sache: wenn sie groß waren, wollten sie wirklich heiraten.

Aber als sie groß waren, da wurde Atzel plötzlich krank. Es war eine Krankheit, von der niemand jemals zuvor gehört hatte: Atzel glaubte, er sei tot.

Wie konnte er sich das nur einbilden? Es schien von den Paradiesgeschichten zu kommen, die ihm seine alte Kinderfrau stets erzählt hatte. Sie hatte ihm gesagt, daß man im Paradies nicht arbeiten oder lernen oder sich sonst irgendwie anstrengen müßte. Im Paradies aß man Fleisch von wilden Ochsen und Walfischfleisch. Man trank vom Wein, den Gott den Gerechten zugedacht hatte. Man konnte weit in den Tag hinein schlafen, und man hatte keine Pflichten.

Atzel war von Natur aus faul. Früh aufstehen

und lernen, das konnte er gar nicht leiden. Er wußte, daß er eines Tages das Geschäft seines Vaters übernehmen sollte, und das wollte er nicht.

Seit Atzel von seiner alten Kinderfrau erfahren hatte, daß es nur einen Weg gab, um ins Paradies zu kommen – nämlich zu sterben –, so hatte er beschlossen, gerade das so schnell als möglich zu tun. Er brütete vor sich hin und dachte so angestrengt darüber nach, daß er sich bald einbildete, wirklich tot zu sein.

Seine Eltern waren natürlich todtraurig, als sie sahen, was mit Atzel geschehen war. Aksah weinte heimlich. Die Familie tat alles mögliche, um Atzel davon zu überzeugen, daß er lebte. Er aber weigerte sich, ihnen zu glauben. Er sagte nur: »Warum beerdigt ihr mich nicht? Ihr seht doch, daß ich tot bin. Ihr seid daran schuld, daß ich nicht ins Paradies komme.«

Viele Ärzte wurden gerufen, um ihn zu untersuchen, und alle versuchten ihn zur Einsicht zu bringen, daß er lebendig sei. Sie stellten fest, daß er sprach, aß und schlief. Aber danach aß Atzel weniger und sprach kaum noch. Die Familie fürchtete, er würde sterben.

In seiner Verzweiflung befragte Kadisch einen großen Spezialisten, der ob seines Wissens und seiner Weisheit geehrt wurde. Sein Name war

Doktor Joetz. Nachdem er sich die Beschreibung von Atzels Krankheit angehört hatte, sagte er zu Kadisch: »Ich verspreche, Euren Sohn in acht Tagen zu heilen, unter einer Bedingung: Ihr müßt alles tun, was immer ich auch sage, und wenn es Euch noch so seltsam vorkommt.«

Kadisch stimmte zu, und Doktor Joetz sagte, er wolle Atzel noch am selben Tag besuchen. Kadisch ging, um zu Hause alle darauf vorzubereiten. Er sagte seiner Frau, Aksah und den Dienstboten, daß alle den Anordnungen des Arztes zu gehorchen hätten. Und das taten sie auch.

Als Doktor Joetz kam, wurde er in Atzels Zimmer geführt. Mit zerzaustem Haar und in verknautschtem Nachtzeug lag der Junge auf seinem Bett, bleich und mager vom Fasten.

Mit einem kurzen Blick sah der Doktor Atzel an und rief: »Warum behaltet Ihr denn einen toten Jungen im Haus? Warum bestellt Ihr nicht die Beerdigung?«

Die Eltern hörten diese Worte und waren zu Tode erschrocken. Aber über Atzels Gesicht huschte ein Lächeln, und er sagte: »Ihr seht, ich hatte recht.«

Obwohl Kadisch und seine Frau von den Worten des Arztes verwirrt waren, erinnerten sie sich an Kadischs Versprechen und machten sich sofort an die Vorbereitungen zum Begräbnis.

Atzel wurde so aufgeregt von dem, was der Doktor gesagt hatte, daß er aus dem Bett sprang und in die Hände klatschte. Seine Freude machte ihn so hungrig, daß er um etwas zu essen bat.

Aber Doktor Joetz sagte: »Warte, du wirst im Paradies essen.«

Der Doktor verlangte dann, daß ein Zimmer wie das Paradies hergerichtet werden sollte. Die Wände wurden mit weißer Seide behängt, und kostbare Teppiche bedeckten den Boden. Die Fensterläden wurden geschlossen und die Vorhänge zugezogen. Kerzen und Ölfunzeln brannten Tag und Nacht. Die Dienstboten wurden in weiße Tücher gekleidet, mit Flügeln auf dem Rücken. Sie hatten die Engel zu spielen.

Atzel legte man in einen offenen Sarg, und die Begräbnisfeierlichkeiten wurden abgehalten. Er war so erschöpft vor lauter Glückseligkeit, daß er die Zeremonie verschlief. Als er erwachte, fand er sich in einem Zimmer wieder, das er nicht erkannte. »Wo bin ich?« fragte er.

»Im Paradies, mein Herr«, gab ein geflügelter Diener zur Antwort.

»Ich habe furchtbaren Hunger«, sagte Atzel.

»Ich hätte gerne Walfischfleisch und heiligen Wein.«

»Sogleich, mein Herr.«

Der Oberdiener klatschte in die Hände. Die Türe öffnete sich und herein kamen Diener und Dienerinnen, die alle Flügel auf dem Rücken trugen. Sie brachten goldene Schalen, beladen mit Fleisch, Fisch, Granatäpfeln und Dattelpflaumen, Ananas und Pfirsichen. Ein großer Diener mit einem langen weißen Bart trug einen goldenen Pokal, gefüllt mit Wein. Atzel aß gierig, so ausgehungert war er. Die Engel schwebten um ihn herum, füllten ihm Teller und Pokal, noch ehe er um mehr bitten konnte.

Als er zu Ende gegessen hatte, erklärte Atzel, daß er ruhen wollte. Zwei Engel kleideten ihn aus und badeten ihn. Dann brachten sie ihm ein Nachthemd aus feinem gestickten Leinen, setzten ihm eine Nachtmütze mit einer Troddel auf den Kopf und legten ihn in ein Bett mit seidenen Tüchern und einem Baldachin mit purpurnem Samt darüber. Sogleich fiel Atzel in tiefen und glücklichen Schlaf.

Als er erwachte, war es Morgen. Aber es hätte genauso gut Nacht sein können. Die Fensterläden waren geschlossen und die Kerzen und Ölfunzeln brannten. Kaum sahen die Diener, daß Atzel erwacht war, so brachten sie ihm genau das gleiche Mahl wie am Tage zuvor.

»Warum bekomme ich dasselbe zu essen wie gestern?« fragte Atzel. »Habt ihr nicht Milch, Kaffee, frische Brötchen und Butter?«

»Nein, mein Herr. Im Paradies gibt es immer das gleiche Essen«, antwortete der Diener.

»Ist es schon Tag oder ist es noch Nacht?« fragte Atzel.

»Im Paradies ist weder Tag noch Nacht.«

Doktor Joetz hatte den Dienern sorgfältige Anweisungen gegeben, wie sie mit Atzel zu sprechen hatten und wie sie ihn behandeln sollten.

Atzel aß wieder Fisch, Fleisch, Früchte und trank Wein, aber sein Appetit war nicht so gut wie zuvor.

Als er gegessen und seine Hände in einer goldenen Waschschüssel gewaschen hatte, fragte er: »Wieviel Uhr ist es?«

»Im Paradies gibt es keine Uhrzeit«, antwortete der Diener.

»Was soll ich jetzt tun?« wollte Atzel wissen.

»Im Paradies, mein Herr, tut man überhaupt nichts.«

»Wo sind die anderen Heiligen?« erkundigte sich Atzel. »Ich möchte sie kennenlernen.«

»Im Paradies ist jede Familie für sich allein.«

»Kann man keine Besuche machen?«

»Im Paradies liegen die Wohnungen viel zu weit auseinander. Es würde Jahrtausende dauern, um von einer zur anderen zu gelangen.«

»Wann wird meine Familie kommen?« fragte Atzel.

»Euer Vater hat noch zwanzig Jahre zu leben und Eure Mutter noch dreißig. Und solange sie leben, können sie nicht hierherkommen.«

»Und wie ist es mit Aksah?«

»Sie hat noch mehr als fünfzig Jahre zu leben.«

»Muß ich die ganze Zeit allein bleiben?«

»Ja, mein Herr.«

Eine Zeitlang schüttelte Atzel den Kopf und dachte nach. Dann fragte er: »Was wird Aksah tun?«

»Eben trauert sie um Euch. Aber Ihr wißt, mein Herr, man kann nicht ewig trauern. Früher oder später wird sie Euch vergessen, einen anderen jungen Mann kennenlernen und heiraten. So ist das mit den Lebenden.«

Atzel stand auf und fing an, hin und her zu gehen. Der lange Schlaf und das gute Essen hatten seine Lebensgeister wieder geweckt. Zum erstenmal wollte der faule Atzel irgend etwas tun. Aber in seinem Paradies gab es nichts zu tun.

Acht Tage blieb Atzel in seinem falschen Himmel und wurde immer trauriger. Er vermißte seinen Vater, er verlangte nach seiner Mutter, und er sehnte sich nach Aksah. Nichtstun schien ihm nicht mehr so begehrenswert wie früher. Jetzt hätte er gerne irgend etwas gelernt. Er träumte von Reisen. Er wollte auf seinem Pferd reiten, sich mit seinen Freunden unterhalten. Das Essen, das ihn am ersten Tag so entzückt hatte, verlor seinen Geschmack.

Es kam die Zeit, da er seine Traurigkeit nicht mehr verbergen konnte. Er sagte zu einem der Diener: »Ich sehe es nun ein, Leben ist nicht so schlecht, wie ich dachte.«

»Leben, mein Herr, ist schwer. Man muß lernen, arbeiten, Geschäfte machen. Hier ist alles leicht«, tröstete ihn der Diener.

»Ich würde lieber Holz hacken und Steine schleppen als so herumzusitzen. Wie lange soll das hier noch dauern?«

»Ewig.«

»Immer und ewig hierbleiben?« Atzel begann sich vor Kummer das Haar zu raufen.

»Ich würde mich lieber umbringen.«

»Ein toter Mensch kann sich nicht töten.«

Am achten Tag, als Atzel zutiefst verzweifelt schien, kam, wie es ausgemacht war, einer der Diener zu ihm und sagte: »Mein Herr, ein Irrtum

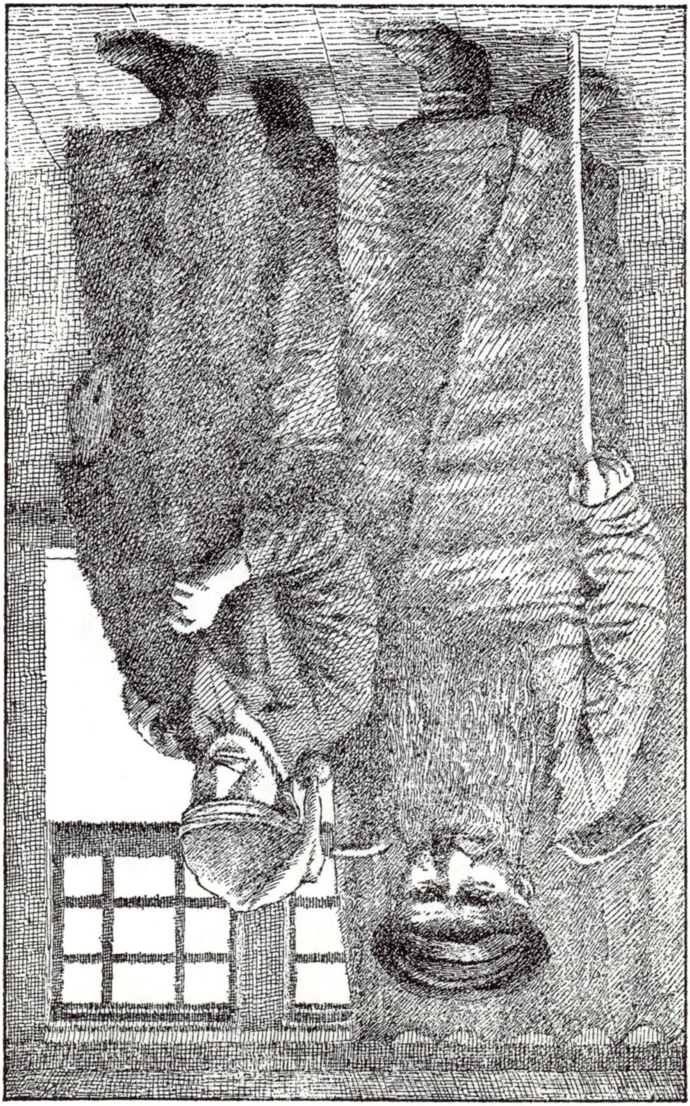

ist geschehen. Ihr seid nicht tot. Ihr müßt das Paradies verlassen.«

»Ich bin am Leben?«

»Ja, Ihr seid lebendig. Ich will Euch zurück zur Erde bringen.«

Atzel war außer sich vor Freude. Der Diener verband ihm die Augen, und nachdem er ihn durch die langen Gänge des Hauses hin und her geführt hatte, brachte er ihn in das Zimmer, wo die Familie auf ihn wartete, und nahm ihm die Binde von den Augen.

Es war heller Tag, und die Sonne schien durch die offenen Fenster. Frischer Duft wehte von den umliegenden Feldern und Obstgärten herein. Draußen im Garten sangen die Vögel, und summend flogen die Bienen von Blume zu Blume. In den Ställen konnte Atzel die Kühe muhen und die Pferde wiehern hören. Voller Freude umarmte und küßte er seine Eltern und Aksah.

»Ich wußte nicht, wie gut es ist, lebendig zu sein«, rief er aus.

Und zu Aksah sagte er: »Hast du auch nicht einen anderen jungen Mann kennengelernt, während ich weg war? Hast du mich noch lieb?«

»Ja, Atzel, ich konnte dich nicht vergessen.«

»Wenn das so ist, wird es höchste Zeit, daß wir heiraten.«

Nicht lange danach wurde Hochzeit gefeiert. Doktor Joetz war der Ehrengast. Musikanten spielten. Gäste kamen aus weitentfernten Städten. Einige kamen auf Pferden geritten, andere auf Maultieren und wieder andere auf Kamelen. Alle brachten sie feine Geschenke für die Braut und den Bräutigam, aus Gold, Silber, Elfenbein, und erlesene, wertvolle Steine. Die Feierlichkeiten dauerten sieben Tage und sieben Nächte. Es war eine der fröhlichsten Hochzeiten, an die sich die alten Leute je erinnern konnten. Atzel und Aksah waren überglücklich, und sie lebten zusammen bis ins hohe Alter. Atzel lag nicht länger auf der faulen Haut. Er wurde einer der fleißigsten Kaufleute in der ganzen Gegend. Seine Handelskarawanen zogen bis Bagdad und nach Indien.

Erst nach der Hochzeit erfuhr Atzel, daß Doktor Joetz ihn geheilt hatte und daß er in einem Narrenparadies gewesen war. In den folgenden Jahren sprach er mit Aksah oft darüber. Später erzählten sie ihren Kindern und Kindeskindern die Geschichte von der wundersamen Heilung durch Doktor Joetz. Und jedesmal schlossen sie mit den Worten: »Aber wie es im Paradies wirklich ist, das weiß man natürlich nicht.«

Grossmutters Geschichte

Das Spiel mit dem Glückskreisel ist ein Riesenspaß. Aber Kinder müssen auch schlafen. So sprach Großmutter Leah. Doch sie baten sie, erst noch eine Geschichte zu erzählen.

Es war einmal ein Vater, der hatte vier Söhne und fünf Töchter. Die Söhne hatten Korkzieherlocken, und die Töchter trugen Zöpfe. Wenn sie nebeneinander standen, sahen sie aus wie die Orgelpfeifen. Chanukka wurde gefeiert, das achttägige jüdische Fest der Tempelweihe, wobei an jedem Tag eine Kerze auf den achtarmigen Chanukka-Leuchter gesteckt wird. Und wenn die Kerzen angezündet waren und sie ihr Chanukka-Geld bekommen hatten, setzten sie sich hin und spielten das Kreiselspiel. Darüber vergaßen sie ganz, daß es Schlafenszeit war. Mutter und Vater ermahnten sie, daß es schon spät sei. Aber die Kinder, die gewannen, wollten noch mehr gewinnen, und die anderen, die verloren, wollten zurückgewinnen, was sie verloren hatten. Plötzlich klopfte es an der Tür. Herein kam ein junger Mann mit Backenbart und einem gekräuselten Schnurrbart. Er trug einen mit Fuchsfell verbrämten Mantel, auf dem Hut eine Feder und an den Stiefeln Sporen. Er war über und über mit Schnee bedeckt, aber er schaute lustig und sorglos drein. Er habe den Weg im Schneesturm verloren, sagte er. Ob er bis zum Morgen bleiben könne.

Draußen stand sein Schlitten. Er war mit geschnitztem Elfenbein geschmückt. Vier weiße Pferde zogen ihn. Am Zaumzeug blitzten Edelsteine. Die Jungen spannten die Pferde aus und fütterten sie mit Heu und Hafer. Sie fragten den Gast, ob er hungrig sei. »Wie ein Wolf«, antwortete er. Ob er das Kreiselspiel mit ihnen spielen wolle? »Aber gern«, sagte er, setzte sich an den Tisch und spielte mit ihnen.

Er aß Pfannkuchen mit Zimt, trank Tee mit Marmelade und paffte Rauchringe aus seiner Bernsteinpfeife. Er setzte Silbermünzen aufs Spiel und verlor sie. Er gab Goldmünzen und verlor sie auch. Bei allen anderen fiel der Kreisel auf *Gewinn,* bei ihm nur stand er auf *Verlust.* Er verlor und lachte, er verlor wieder und scherzte. Er trank Honigwein, und seine Geldtasche schien nie leer zu werden.

Mitternacht war schon vorüber.

Die Schlafenszeit war vergessen. Die Hunde bellten in die Nacht hinein, die Hähne drängten sich zusammen, die Hennen gackerten, die Kühe muhten, die Gänse schnatterten, die Enten quakten. In den Ställen wieherten die Pferde und stampften mit den Hufen.

»Was ist nur heute nacht mit unseren Tieren los?« fragte der älteste Junge. Im selben Augenblick schaute er auf die Wand und sah nur neun

Schatten statt zehn. Der Fremde warf keinen Schatten. Nun war alles klar. Jeder weiß, daß Teufel keinen Schatten haben. Ihr Gast war kein Mensch, sondern ein Dämon. Als die Uhr dreizehn schlug, gab es keinen Zweifel mehr, wer der Fremde wirklich war. An den Gesichtern der Kinder sah der Fremde, daß sein Geheimnis entdeckt war. Mit einem rauhen Lachen stand er auf, streckte die Zunge bis auf den Bauch heraus und wurde doppelt so groß. Hörner wuchsen ihm hinter den Ohren. Da stand er, der Teufel. Bevor nur jemand ein Wort sagen konnte, drehte er sich wie ein Kreisel, und das Haus drehte sich mit ihm. Der Chanukka-Leuchter wankte, Teller klirrten auf dem schwankenden Boden. Der Teufel pfiff. Mäuse erschienen, und Kobolde in roten Mützen und grünen Stiefeln wirbelten lachend und schreiend im Kreis herum. Plötzlich wuchsen dem Teufel Flügel. Er klappte sie zusammen, und mit einem Kikeriki verschwand die ganze Gesellschaft.

Staub sind Gold und Silber nur,
Und im Schnee von Rost die Spur.
Fort die Schätze auf der Bank,
Nichts bleibt da als Teufelsstank.
Weichselzopf
Im Kinderschopf,

Teufelsdreck
In jedem Eck.
Teufel aus dem Haus,
durch die Luft mit Mann und Maus.
Welcher Kummer, welche Schande,
Chanukka-Nacht und Teufelsbande.

Diese Geschichte hat Großmutter Leah erzählt, während sie einen Strumpf für ihr jüngstes Enkelkind strickte.

»Großmutter, erzähl uns noch mehr!« baten die Kinder. Aber Großmutter Leah küßte sie und sagte, es sei jetzt Schlafenszeit. »Morgen, Kinder, ist auch noch ein Tag. Da wird eine neue Kerze in den Chanukka-Leuchter gesteckt, und draußen wird neuer Schnee liegen, und ich werde euch eine neue Geschichte erzählen.«

Der Schnee in Chelm

Chelm war ein Dorf voller Narren, junger Narren und alter. Eines Nachts bemerkte einer, wie der Mond sich in einem Wasserfaß widerspiegelte. Alle glaubten, daß er da hineingefallen sei. Sie verschlossen das Faß ganz fest, damit der Mond nicht entwischen konnte. Als das Faß am anderen Morgen geöffnet wurde, war der Mond nicht mehr da. Die Dorfleute waren überzeugt, er sei gestohlen worden. Sie schickten nach der Polizei, und als man den Dieb nicht finden konnte, da weinten und jammerten sie.

Die berühmtesten aller Chelmer Narren waren die sieben Ältesten. Weil sie die Dorfältesten und die größten Narren waren, darum regierten sie Chelm. Sie hatten weiße Bärte und vom vielen Denken ganz hohe Stirnen.

Einmal, an einem Chanukka-Abend, schneite es ununterbrochen. Der Schnee bedeckte Chelm wie ein silbernes Tischtuch. Der Mond schien, die Sterne blinkten, und der Schnee glitzerte wie Perlen und Diamanten. Nachdenklich und mit gerunzelten Stirnen saßen die Ältesten an diesem Abend zusammen. Das Dorf brauchte dringend Geld, und sie wußten nicht, woher sie es bekommen sollten. Plötzlich rief Gronam, der Obernarr und Älteste von allen: »Der Schnee ist Silber!«

»Ich sehe Perlen im Schnee!« jubelte ein anderer.

»Und ich sehe Diamanten!« rief ein dritter. Den Dorfältesten wurde klar, daß ein Schatz vom Himmel gefallen war.

Aber bald machten sie sich neue Sorgen. Die Chelmer liefen gerne draußen herum, und sie würden ganz sicher den Schatz zertrampeln. Was war da zu tun?

Todrus der Dumme hatte einen Einfall.

»Schicken wir einen Boten, der an alle Fenster klopft und den Leuten sagt, daß sie in ihren Häusern bleiben sollen, bis das ganze Silber, die Perlen und all die Diamanten aufgesammelt sind.«

Eine Weile waren die Dorfältesten zufrieden. Beifällig rieben sie sich die Hände. Aber da rief Lekisch der Blöde voller Sorge: »Der Bote selbst wird ja den Schatz zertrampeln!«

Die Dorfältesten stellten fest, daß Lekisch recht hatte. Angestrengt runzelten sie ihre hohen Stirnen, um eine Lösung des Problems zu finden.

»Ich hab's!« rief Schmerl der Ochse.

»Na, sag schon«, baten die Ältesten.

»Der Bote darf nicht zu Fuß gehen. Er muß auf einem Tisch getragen werden, damit seine Füße den kostbaren Schnee nicht berühren.«

Alle waren entzückt von Schmerls des Ochsen Lösung. Die Ältesten klatschten in die Hände und bewunderten ihre eigene Weisheit.

Sogleich ließen sie Gimpel den Botenjungen aus der Küche holen und stellten ihn auf einen Tisch. Wer sollte nun den Tisch tragen? Glücklicherweise waren in der Küche Treitel der Koch, Berl der Kartoffelschäler, Jukl der Salatmischer und Jontl, der die Gemeindegeiß zu besorgen hatte. Allen vieren wurde befohlen, den Tisch hochzuheben, auf dem Gimpel stand. Jeder packte ein Bein. Obendrauf stand Gimpel. In der Hand hielt er einen Holzhammer, mit dem er an die Fenster der Dorfleute klopfen sollte. So gingen sie los.

An jedes Fenster klopfte Gimpel mit dem Hammer und rief: »Niemand verläßt das Haus heute nacht! Ein Schatz ist vom Himmel gefallen, und es ist verboten, darauf herumzutrampeln!«

Die Chelmer hörten auf die Ältesten und blieben die ganze Nacht in den Häusern. Unterdessen saßen die Dorfältesten da und überlegten hin und her, wie sie das Beste aus dem Schatz machen könnten, wenn er erst einmal aufgesammelt war.

Todrus der Dumme schlug vor, ihn zu verkaufen und eine Gans anzuschaffen, die goldene Eier legte. Auf diese Weise hätte die Gemeinde ein ständiges Einkommen. Lekisch der Blöde hatte einen anderen Einfall. Könnten sie nicht Brillen kaufen, die alles größer erscheinen ließen? Dann würden die Häuser, die Straßen und die Läden alle größer ausschauen. Ganz klar, wenn Chelm größer ausschaute, dann würde es auch größer sein, kein Dorf mehr, sondern eine große Stadt. Sie hatten noch viele genauso geistreiche Ideen. Während sie ihre verschiedenen Pläne gegeneinander abwogen, wurde es Morgen, und die Sonne ging auf. Sie schauten aus dem Fenster und sahen, daß – o Jammer – der Schnee zertrampelt war.

Die schweren Stiefel der Tischträger hatten den Schatz zerstört.

Die Chelmer Dorfältesten rauften sich die Bärte und gestanden, einen Fehler gemacht zu haben. Vielleicht, so überlegten sie, hätten vier andere die vier Männer tragen sollen, die den Tisch mit Gimpel dem Laufburschen getragen hatten?

Nach langen Beratungen beschlossen die Dorfältesten, es genauso anzustellen, wenn am nächsten Chanukka-Fest wieder ein Schatz vom Himmel fallen sollte.

Obwohl die Dorfleute nun leer ausgegangen waren, hofften sie auf das nächste Jahr und lobten ihre Ältesten, auf die immer zu zählen war, wenn es galt, ein schwieriges Problem zu lösen.

Die verhaspelten Beine und Der dumme Bräutigam

Nahe dem Dorfe Chelm lag der kleine Weiler Ostchelm. Dort lebte der Pachtbauer Schmelka mit seiner Frau Schmelkischa. Sie hatten vier Töchter, die alle in demselben breiten Bett schliefen. Sie hießen Jenta, Pescha, Treina und Jaschna. Gewöhnlich standen die Mädchen früh am Tag auf, melkten die Kühe und halfen der Mutter bei der Hausarbeit. Eines Wintermorgens aber blieben sie länger als üblich im Bett. Als die Mutter nach ihnen sah, fand sie alle vier balgend und schreiend vor. Schmelkischa verlangte zu wissen, was die Katzbalgerei zu bedeuten hatte und warum sie einander an den Haaren zogen. Die Mädchen antworteten, sie hätten im Schlaf die Beine durcheinander gebracht und wüßten nun nicht mehr, welche Beine zu wem gehörten. Und so konnten sie natürlich auch nicht aufstehen. Schmelkischa, die eigentlich aus Chelm stammte, war furchtbar erschrocken, als sie von den verhaspelten Beinen ihrer Töchter hörte. Sie erinnerte sich, daß vor vielen Jahren in Chelm ein ähnlicher Fall geschehen war, und was das für Scherereien gegeben hatte. Sofort rannte sie zu einer Nachbarin und bat sie, die Kühe zu melken. Sie selbst machte sich auf den Weg nach Chelm, um den Rat der Dorfältesten zu holen. Bevor sie ging, sagte sie zu den Mädchen: »Ihr bleibt im Bett, und wehe, wenn ihr euch vom Fleck rührt, bis ich zurückkomme! Denn wenn ihr einmal mit den falschen Beinen aufgestanden seid, so wird es schwierig sein, das wieder in Ordnung zu bringen.«

Als Schmelkischa in Chelm angekommen war und dem Dorfältesten erzählt hatte, was mit ihren Töchtern geschehen war, so strich der mit der einen Hand seinen weißen Bart, legte die andere an die Stirn und war sogleich in tiefstes Nachdenken versunken. Während er grübelte, brummelte er ein Chelmer Liedchen.

Nach einer Weile sagte er: »Es gibt keine vollkommene Lösung für den Fall verwickelter Beine. Aber es gibt etwas, das manchmal hilft.«

Er hieß Schmelkischa einen langen Stock nehmen, in das Zimmer der Mädchen gehen und ganz unerwartet dort ganz fest auf die Decke schlagen, wo ihre Beine seien. »Es ist möglich«, erklärte der weise Alte, »daß jedes Mädchen vor lauter Schreck und Schmerz seine eigenen Füße an sich zieht und aus dem Bett springt.«

Ein ähnliches Heilmittel war einmal in so einem Fall angewendet worden, und es hatte genützt.

Viele Dorfleute waren zugegen, als der Dorfälteste seine Weisungen gab, und wie immer bewunderten sie ihn ob seiner großen Klugheit. Der Älteste stellte weiterhin fest, daß es ratsam sei, um solch einen Unfall künftig zu vermeiden, die

Mädchen nach und nach zu verheiraten. Wenn jedes Mädchen ein eigenes Haus und einen eigenen Mann hätte, dann könnten sie auch nicht mehr die Beine durcheinanderbringen. Schmelkischa ging nach Ostchelm zurück, packte einen Stock, ging in das Zimmer der Mädchen und drosch mit aller Macht auf die Bettdecke. Die Mädchen waren völlig verblüfft, aber augenblicklich sprangen sie schreiend vor Schmerz und Furcht aus dem Bett – und jedes mit seinen eigenen Beinen. Ihr Vater Schmelka und ein paar Nachbarn, die Schmelkischa ins Haus gefolgt waren und mitangesehen hatten, was geschehen war, kamen wieder einmal zu dem Schluß, daß die Weisheit des Ältesten von Chelm keine Grenzen kannte.

Schmelka und Schmelkischa beschlossen sogleich, auch den anderen Teil von des Ältesten Ratschlag auszuführen, und sie hielten Ausschau nach einem Mann für ihre älteste Tochter. Bald fanden sie einen jungen Mann aus Chelm, der Leml hieß. Sein Vater war Kutscher, und Leml besaß auch schon ein Pferd und einen Wagen. Es war klar, daß Jenta mit ihrem zukünftigen Mann ein gutes Auskommen haben würde. Als sie das Paar zusammenbrachten, um das Heiratsversprechen zu unterschreiben, begann Jenta bitterlich zu weinen.

Man fragte sie, warum sie weine, und sie sagte: »Leml ist ein Fremder, und ich will keinen Fremden heiraten.«

»Hab ich nicht auch einen Fremden geheiratet?« fragte ihre Mutter.

»Du hast Vater geheiratet«, antwortete Jenta, »und ich muß einen wildfremden Mann heiraten.« Ihr Gesicht wurde feucht von Tränen.

Die Heirat wäre nicht zustande gekommen, aber glücklicherweise hatten sie den Ältesten von Chelm eingeladen. Und nachdem er nachgedacht hatte, fand er wieder einen Ausweg. Er sagte zu Jenta: »Unterschreibe das Heiratsversprechen. In dem Augenblick, in dem du unterschreibst, wird Leml dein Verlobter. Und wenn ihr dann heiratet, nimmst du keinen Fremden zum Mann, sondern deinen Verlobten.«

Jenta hörte diese Worte und war überglücklich. Leml küßte den Ältesten dreimal auf die riesige Stirn, und die anderen priesen die Weisheit des Ältesten von Chelm, die sogar noch größer sei als die des weisen Königs Salomon.

Aber jetzt stellte sich ein neues Hindernis in den Weg. Leml und Jenta hatten nicht gelernt, ihre Namen zu schreiben.

Wieder kam der Älteste zu Hilfe: »Jenta macht drei kleine Kreise aufs Papier und Leml drei

Striche. Das gilt als Unterschrift und besiegelt das Versprechen.«

Jenta und Leml taten, wie der Älteste es angeordnet hatte, und jedermann war glücklich und zufrieden. Schmelkischa bewirtete die Zeugen mit Käseplinsen und Borschtsch. Den ersten Teller bekam natürlich der Älteste von Chelm, dessen Appetit an diesem Tag besonders gut war. Bevor Leml nach dem eigentlichen Chelm zurückfuhr, von wo er mit seinem eigenen Pferd und Wagen hergekommen war, gab ihm Schmelka als Geschenk ein kleines Taschenmesser mit einem Perlmuttergriff. Es war gerade der erste Tag des Chanukka-Festes, und das Taschenmesser galt als Verlobungs- und Chanukka-Geschenk zugleich.

Leml kam öfter nach Ostchelm, um von den Bauern Milch, Butter, Heu, Hafer und Flachs zu kaufen, was er den Dorfleuten von Chelm wieder verkaufte, darum besuchte er zugleich auch Jenta bald wieder. Schmelka fragte Leml, ob seinen Freunden in Chelm das Taschenmesser gefallen habe, und Leml antwortete, daß sie es gar nicht gesehen hätten.

»Warum denn nicht?« fragte Schmelka.

»Weil ich es verloren habe!«

»Und wie hast du es verloren?«

»Ich hab' das Messer in meinen Wagen gelegt, und da ist es im Heu verlorengegangen.«

Schmelka war nicht in Chelm geboren, sondern er kam aus einem anderen Dorf der Umgebung, und er sagte zu Leml: »Man legt ein Taschenmesser nicht in einen Wagen voll Heu und Stroh und mit Löchern und Ritzen im Boden, daß es hindurchfällt. Ein Taschenmesser steckt man in die Tasche, dann geht es nicht verloren.«

»Zukünftiger Schwiegervater, du hast recht«, antwortete Leml. »Das nächstemal weiß ich, was ich zu tun habe.«

Da das erste Geschenk nun verloren war, gab Schmelka dem Leml einen Topf voll frisch ausgelassenem Hühnerfett als Ersatz. Leml dankte ihm und kehrte zurück nach Chelm.

Ein paar Tage später, als Leml wieder in Ostchelm Geschäfte machte, bemerkten Jentas Eltern, daß seine Manteltasche aufgeplatzt und die ganze linke Seite seines Mantels mit Fettflecken beschmutzt war.

»Was ist nur mit deinem Mantel geschehen?« fragte Schmelkischa.

Leml antwortete: »Ich habe den Topf mit Hühnerfett in meine Tasche gesteckt, aber die Straße war voller Schlaglöcher, und ich konnte es nicht verhindern, daß der Topf gegen den Wagen schlug. Da ist er zerbrochen, hat meine Tasche zerrissen, und das Fett ist mir über die Kleider gelaufen.«

»Warum hast du auch den Topf in die Tasche gesteckt?« wollte Schmelka wissen.

»Hast du mir das nicht so gesagt?«

»Ein Taschenmesser steckt man in die Tasche. Einen Topf mit Hühnerfett aber wickelt man in Papier und legt ihn ins Heu, damit er nicht zerbricht.«

Leml antwortete: »Das nächstemal weiß ich, was ich zu tun habe.«

Da nun Leml von seinen ersten beiden Geschenken nicht viel hatte, gab ihm Jenta selbst einen silbernen Gulden, den ihr der Vater zu Chanukka geschenkt hatte.

Als Leml wieder in den Weiler kam, fragte man ihn, wie er das Geld ausgegeben habe.

»Ich hab' es verloren«, antwortete er.

»Wie denn?«

»Ich hab' es in Papier gewickelt und ins Heu gelegt. Aber wie ich in Chelm ankomme und meine Sachen ablade, da war der Gulden verschwunden.«

»Ein Gulden ist kein Topf mit Hühnerfett«, erklärte Schmelka. »Einen Gulden steckt man in die Geldtasche.«

»Das nächstemal weiß ich, was ich zu tun habe.«

Bevor Leml nach Chelm zurückfuhr, gab Jenta ihrem Verlobten ein paar frisch gelegte Eier.

Bei seinem nächsten Besuch fragte man ihn, wie ihm die Eier geschmeckt hätten, und er sagte, daß sie alle zerbrochen seien.

»Wie sind sie denn zerbrochen?«

»Ich legte sie in meine Geldtasche, aber als ich sie schließen wollte, zerbrachen die Eier.«

»Niemand legt Eier in eine Geldtasche«, sagte Schmelka. »Eier tut man in einen mit Stroh ausgelegten Korb und breitet ein Tuch darüber, damit sie nicht zerbrechen.«

»Das nächstemal weiß ich, was ich zu tun habe.«

Weil sich Leml an den Geschenken, die er bekommen hatte, nicht freuen konnte, gab ihm Jenta eine lebende Ente.

Als er wiederkam, fragte man ihn, wie es der Ente gehe, und er sagte, daß sie auf dem Weg nach Chelm gestorben sei.

»Und wie ist sie gestorben?«

»Ich hab' sie in einen Korb mit Stroh gesetzt und gut mit Tüchern zugedeckt, genauso, wie ihr mir es gesagt habt. Und als ich zu Hause ankam, da war die Ente tot.«

»Eine Ente muß atmen«, sagte Schmelkischa. »Wenn man sie mit Tüchern zudeckt, wird sie ersticken. Eine Ente tut man in einen Käfig und gibt

ihr ein paar Körner zu fressen, dann wird sie sicher ankommen.«

»Das nächstemal weiß ich, was ich zu tun habe.«

Weil Leml von seinen Geschenken weder Nutzen noch Freude gehabt hatte, so beschloß Jenta, ihm ihren Goldfisch zu geben, ein Tierchen, das sie schon mehrere Jahre pflegte.

Und wieder sagte er nach seiner Rückkehr, als er nach dem Goldfisch gefragt worden war, daß er tot sei.

»Warum ist er tot?«

»Ich habe ihn in einen Käfig gesteckt und ihm ein paar Körner gegeben, aber als ich ankam, da war er tot.«

Da nun Leml immer noch ohne Geschenk war, so entschloß sich Jenta, ihm ihren geliebten Kanarienvogel zu geben. Aber Schmelka sagte ihr, daß es sinnlos sei, dem Leml noch irgendwelche Geschenke zu machen, denn was immer man ihm auch gebe, das stirbt entweder oder geht verloren. Statt dessen wollten sich Schmelka und Schmelkischa den Rat des Ältesten von Chelm holen.

Der Älteste hörte sich die ganze Geschichte an, und wie gewöhnlich zauste er seinen langen, weißen Bart mit der einen Hand, und die andere legte er an die hohe Stirn.

Nach langem Grübeln und Brummeln erklärte

er: »Auf der Straße zwischen Ostchelm und Chelm lauern Gefahren aller Art, und deshalb geschieht soviel Unglück. Eine schnelle Heirat wäre das beste. Dann werden Leml und Jenta zusammen sein, und Leml braucht seine Geschenke nicht mehr von einem Ort zum andern zu schleppen. Und so wird kein Unglück mehr geschehen.«

Dieser Rat gefiel jedermann, und bald feierte man Hochzeit. Alle Bauern von Ostchelm und die Hälfte der Leute aus Chelm tanzten und vergnügten sich sehr dabei.

Bevor das Jahr um war, gebar Jenta ein Mädchen. Und Leml ging zu dem Ältesten von Chelm, um ihm die gute Nachricht von der Geburt eines Kindes zu bringen.

»Ist das Kind ein Bub?« fragte der Älteste.

»Nein.«

»Ist es ein Mädchen?«

»Wie seid Ihr nur darauf gekommen?« fragte Leml erstaunt.

Und der Älteste von Chelm antwortete: »Für die weisen Männer von Chelm gibt es keine Geheimnisse.«

Der erste Schlemihl

Es gibt viele Pechvögel auf der Welt, aber der allererste kam aus Chelm. Und ein Pechvogel heißt bei den Juden Schlemihl. Der erste Schlemihl hatte eine Frau, die hieß Frau Schlemihl, und ein Kind, den kleinen Schlemihl. Aber Schlemihl konnte für seine Familie nicht sorgen. Seine Frau stand morgens früh auf, um Gemüse auf dem Markt zu verkaufen. Herr Schlemihl blieb zu Hause und wiegte das Kind in den Schlaf. Er versorgte auch den Gockelhahn, der mit ihnen in der Stube lebte; er gab ihm Körner und Wasser.

Frau Schlemihl wußte, daß ihr Mann ungeschickt und faul war. Er schlief gern und war ein Leckermaul. Einmal hatte sie abends einen Topf voll köstlicher Marmelade bereitet. Am nächsten Tag sorgte sie sich sehr, daß ihr Mann, während sie auf dem Markt sei, alles aufessen könnte. So sagte sie zu ihm, bevor sie ging: »Schlemihl, ich geh' jetzt auf den Markt und komme abends wieder zurück. Drei Dinge will ich dir sagen, und ein jedes ist sehr wichtig.«

»Und was ist das?« fragte Schlemihl.

»Erstens: Paß auf, daß das Kind nicht aus der Wiege fällt.«

»Gut. Ich werde auf das Kind aufpassen.«

»Zweitens: Laß den Hahn nicht aus dem Haus.«

»Gut, ich werde den Hahn nicht aus dem Haus lassen.«

»Drittens: Da steht ein Topf voller Gift im Schrank. Das darfst du auf keinen Fall essen, sonst wirst du sterben«, sagte Frau Schlemihl und zeigte auf den Marmeladetopf, den sie auf das oberste Brett gestellt hatte.

Sie wollte ihn täuschen, weil sie wußte, wenn er einmal die köstliche Marmelade versucht hatte, würde er nicht zu essen aufhören, bis der Topf leer war. Es war kurz vor Chanukka, und sie brauchte die Marmelade, um damit die Festtagspfannkuchen zu füllen.

Nachdem seine Frau gegangen war, schaukelte Schlemihl das Kind und sang ihm ein Wiegenlied:

Ich bin ein großer Schlemihl,
Und du bist ein kleiner Schlemihl.
Wenn du erwachsen bist,
Bist du ein großer Schlemihl,
Und ich bin ein alter Schlemihl.
Wenn du Kinder hast,
Bist du der Vater Schlemihl,
Und ich bin der Großvater Schlemihl.

Das Kind schlief bald ein. Schlemihl schlummerte auch, und mit dem Fuß schaukelte er noch die Wiege.

Schlemihl träumte, daß er der reichste Mann in Chelm geworden war. Er war so reich, daß er mit Marmelade gefüllte Pfannkuchen nicht nur zur Chanukka-Zeit, sondern das ganze Jahr hindurch essen konnte. Er verbrachte den ganzen Tag mit den anderen wohlhabenden Männern Chelms beim Spiel mit einem goldenen Kreisel. Schlemihl wußte einen Trick, und jedesmal, wenn er an der Reihe war, den Kreisel zu drehen, dann fiel er auf *Gewinn.* Er wurde so berühmt, daß edle Männer aus weitentfernten Ländern zu ihm kamen und sagten: »Schlemihl, wir möchten dich zu unserem König machen.«

Schlemihl sagte ihnen, daß er kein König sein wollte. Aber die Edelleute fielen vor ihm auf die Knie und baten ihn so lange, bis er zustimmte. Sie setzten ihm eine Krone auf den Kopf und führten ihn zu einem goldenen Thron. Frau Schlemihl – sie war nun die Königin – brauchte nicht mehr auf dem Markt Gemüse zu verkaufen. Sie saß neben ihm, und zwischen ihnen lag ein riesiger Marmeladepfannkuchen. Er aß von der einen Seite und sie von der anderen, bis sie sich in der Mitte trafen.

Während Schlemihl so saß und seinen süßen

Traum träumte, fing der Hahn plötzlich zu krähen an. Er hatte eine sehr kräftige Stimme. Und wenn er so laut Kikeriki machte, dann klang das wie Kirchenglocken. Wenn aber in Chelm die Glocken läuteten, so hieß das, daß es brannte. Schlemihl erwachte aus seinem Traum, sprang voller Schreck auf und stieß dabei die Wiege um. Das Kind fiel heraus und tat sich am Kopf weh. In seiner Verwirrung rannte Schlemihl zum Fenster und öffnete es, um zu sehen, wo das Feuer war. In dem Augenblick flatterte der Hahn aus dem Fenster und rannte davon. Schlemihl rief ihm nach: »Hahn, du kommst zurück! Wenn Frau Schlemihl merkt, daß du weg bist, wird sie wüten und toben, und das wird kein Ende nehmen.«

Aber der Hahn hörte nicht auf Schlemihl. Er schaute nicht einmal zurück, und bald war er verschwunden.

Als Schlemihl merkte, daß gar kein Feuer brannte, schloß er das Fenster und ging zurück zu dem weinenden Kind, das inzwischen eine große Beule an der Stirn hatte von seinem Sturz. Mit viel Mühe tröstete Schlemihl das Kind, richtete die Wiege und legte es hinein.

Er schaukelte nun wieder die Wiege und sang ein Liedchen:

Im Traum war ich der reiche Schlemihl,
Doch wach bin ich der arme Schlemihl.
Im Traum aß ich Pfannkuchen mit Marmelade,
doch wach kaue ich Brot und Zwiebeln.
Im Traum war ich König Schlemihl,
Doch wach bin ich nur Schlemihl.

Als er schließlich das Kind in den Schlaf gesungen hatte, begann Schlemihl, sich über sein Mißgeschick Sorgen zu machen. Er wußte, wenn seine Frau nach Hause kam und sah, daß der Hahn weg war und das Kind eine Beule hatte, dann würde sie fuchsteufelswild werden. Frau Schlemihl hatte eine sehr laute Stimme, und wenn sie schimpfte und schrie, zitterte der arme Schlemihl vor Angst. Schlemihl sah schon voraus, daß seine Frau heute abend, wenn sie heimkäme, viel zorniger sein würde als jemals zuvor, und daß sie ihn ausschimpfen und ihm schlimme Namen sagen würde.

Plötzlich sagte Schlemihl zu sich selbst: »Was hat man denn von so einem Leben? Ich wäre lieber tot.« Und er beschloß, seinem Leben ein Ende zu setzen. Aber wie? Da erinnerte er sich, was seine Frau heute morgen von dem Gifttopf gesagt hatte, der auf dem Schrank stand. »Ich hab's. Ich werde mich vergiften. Wenn ich tot bin, kann sie mich beschimpfen, soviel sie will. Ein toter Schlemihl hört es nicht, wenn man ihn anschreit.«

Schlemihl war ein kleiner Mann, und er konnte das Brett nicht erreichen. Er nahm einen Stuhl, stieg hinauf, holte den Topf herunter und begann zu essen.

»Oh, das Gift schmeckt ja süß«, sagte er zu sich selbst. Er hatte gehört, daß einige Gifte einen süßen Geschmack haben und andere einen bitteren. »Aber«, urteilte er, »süßes Gift ist besser als bitteres«, und er fuhr fort, die Marmelade aufzuessen. Sie schmeckte so gut, daß er sogar den Topf ausschleckte. Nachdem Schlemihl den Gifttopf leergegessen hatte, legte er sich auf das Bett. Er war sicher, daß ihn das Gift bald von innen her verbrennen und er sterben würde. Aber eine halbe Stunde verstrich und dann eine Stunde, und Schlemihl lag da ohne den geringsten Schmerz im Bauch.

»Das Gift wirkt aber langsam«, meinte Schlemihl. Er war durstig und wollte Wasser trinken, aber es gab kein Wasser im Haus. In Chelm mußte man das Wasser draußen aus einem Brunnen holen, und Schlemihl war zu faul dazu.

Er erinnerte sich, daß seine Frau für die Festtage eine Flasche Apfelwein aufgespart hatte. Apfelwein war teuer. Aber wenn ein Mensch im Sterben liegt, was nützt es da, Geld zu sparen. Schlemihl holte sich die Flasche heraus und trank sie bis zum letzten Tropfen aus.

Jetzt hatte Schlemihl Bauchweh, und er war sicher, daß das Gift zu wirken begonnen hatte. Davon überzeugt, daß er im Sterben lag, sagte er zu sich selbst: »Sterben ist gar nicht so schlecht. Mit so einem Gift würde es mir gar nichts ausmachen, jeden Tag zu sterben.« Und er schlummerte ein.

Er träumte wieder, daß er König war. Er trug drei Kronen auf dem Kopf, eine über der anderen. Vor ihm standen drei goldene Töpfe: einer mit Pfannkuchen, einer mit Marmelade und einer mit Apfelwein. Und jedesmal, wenn er seinen Bart bekleckert hatte, wischte ihn ein Diener mit einem Mundtuch wieder sauber.

Frau Schlemihl, die Königin, saß neben ihm auf einem eigenen Thron und sagte: »Von allen Königen, die jemals in Chelm regiert haben, bist du der größte. Ganz Chelm huldigt deiner Weisheit. Glücklich ist die Königin eines solchen Königs; glücklich der Prinz, der dich zum Vater hat.«

Von einem Türknarren erwachte Schlemihl. Das Zimmer war dunkel, und er hörte die kreischende Stimme seiner Frau. »Schlemihl, warum hast du kein Licht gemacht?«

»Das hört sich an wie meine Frau«, sagte Schlemihl zu sich selbst. »Aber wie ist es möglich, daß ich ihre Stimme hören kann? Ich bin doch tot. Oder kann es sein, daß das Gift noch nicht gewirkt hat und ich noch am Leben bin?« Er stand auf, schüttelte seine Beine aus und sah, wie seine Frau das Licht anzündete.

Plötzlich begann sie aus vollen Lungen zu schreien: »Schau nur das Kind an! Es hat eine Beule am Kopf. Schlemihl, wo ist der Hahn? Und wer hat den Apfelwein getrunken? Mein Gott! Er hat den Apfelwein ausgetrunken. Den Hahn hat er entwischen lassen und das Kind hat eine Beule. Schlemihl, was hast du getan?«

»Schrei nicht, liebe Frau. Ich bin am Sterben. Du wirst bald Witwe sein.«

»Sterben? Witwe? Wovon sprichst du? Du schaust gesund aus wie ein Pferd.«

»Ich habe mich selbst vergiftet«, antwortete Schlemihl.

»Vergiftet? Was meinst du damit?« fragte Frau Schlemihl.

»Ich habe deinen Gifttopf leergegessen.« Und Schlemihl deutete auf den leeren Marmeladetopf.

»Gift«, sagte Frau Schlemihl. »Das ist mein Marmeladetopf für Chanukka.«

»Aber du hast mir gesagt, es sei Gift«, beharrte Schlemihl.

»Du Narr«, sagte sie. »Das habe ich getan, damit du nichts vor den Festtagen ißt. Und jetzt hast du alles verschlungen.«

Frau Schlemihl brach in Tränen aus.

Schlemihl weinte auch, aber nicht aus Kummer. Er weinte Freudentränen, weil er am Leben geblieben war. Das Jammern der Eltern weckte das Kind auf, und es fing an zu heulen. Als die Nachbarn das Wehklagen und Weinen hörten, kamen sie herbeigelaufen, und bald war die Geschichte in ganz Chelm bekannt. Die guten Nachbarn hatten Mitleid mit den Schlemihls. Sie brachten einen Topf mit Marmelade und eine Flasche Apfelwein. Dem Hahn war vom Herumlaufen draußen kalt geworden, er war hungrig und kam von selbst zurück. Und so hatten die Schlemihls schließlich doch noch glückliche Festtage.

Wie immer in Chelm, wenn etwas Ungewöhnliches vorgefallen war, setzten sich die Ältesten zusammen und überdachten, was geschehen war. Sieben Tage und sieben Nächte saßen sie stirnrunzelnd und bartzausend und suchten nach dem tieferen Sinn des Vorfalls. Zum Schluß kamen die Weisen alle zum gleichen Ergebnis: Eine Frau, die ein Kind in der Wiege hat und einen Hahn, auf den aufgepaßt werden muß, sollte niemals ihren Mann anlügen und sagen, daß ein Topf mit Marmelade ein Topf mit Gift ist, oder daß ein Gifttopf ein Marmeladetopf ist; auch wenn der Mann faul ist, ein Leckermaul und überdies ein Pechvogel.

Der Teufelstrick

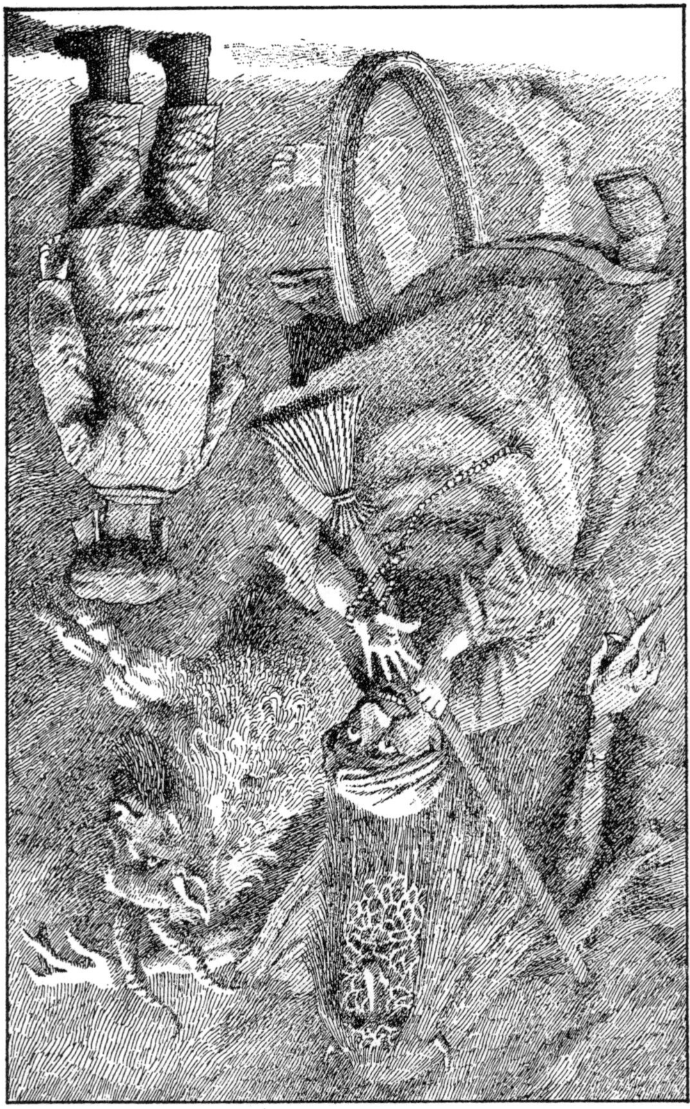

Seit drei Tagen und drei Nächten fiel Schnee. Die Häuser waren eingeschneit und die Fensterscheiben mit Eisblumen bedeckt. Der Wind pfiff im Kamin. Schneestürme jagten durch die kalte Luft.

Des Teufels Weib ritt auf einem Reifen, mit einem Besen in der einen Hand und einem Strick in der anderen. Vor ihr galoppierte eine weiße Geiß mit einem schwarzen Bart und gedrehten Hörnern. Hinter ihr kam mit großen Schritten der Teufel daher mit seinem Spinnwebengesicht, Höhlen statt Augen, schulterlangem Haar und Beinen so lang wie Stelzen.

In einer Hütte mit niedriger Decke und rußgeschwärzten Wänden saß David, ein armer Junge. Er hatte ein bleiches Gesicht und schwarze Augen. Er war allein mit seinem kleinen Bruder in der ersten Chanukka-Nacht. Sein Vater war ins Dorf gegangen, um Korn zu kaufen, aber drei Tage waren verstrichen, und er war nicht zurückgekehrt. Davids Mutter war ihm gefolgt, um nach ihrem Mann zu suchen, und sie war auch nicht wiedergekommen.

Das kleine Kind schlief in der Wiege. Auf dem Chanukka-Leuchter flackerte die erste Kerze; David hatte sie selbst angezündet.

David ängstigte sich so sehr, daß er nicht länger zu Hause bleiben wollte. Er zog seinen gefütterten

Mantel an, setzte die Mütze mit den Ohrenklappen auf, sah nach, ob das Kind gut zugedeckt war, und machte sich auf, nach seinen Eltern zu suchen.

Darauf hatte der Teufel nur gewartet. Sofort ließ er den Sturm noch heftiger toben. Schwarze Wolken bedeckten den Himmel. Es war stockdunkel. David konnte kaum etwas sehen. Eisige Kälte biß ihn ins Gesicht. Trocken und schwer wie Salz fiel der Schnee. Der Wind packte David beim Mantel und versuchte ihn hochzuheben. Gelächter wie von tausend Teufelchen umgab ihn.

David merkte, daß die Kobolde hinter ihm her waren. Er versuchte umzukehren und nach Hause zu gehen, aber er konnte den Weg nicht mehr finden. Schnee und Dunkelheit verschlangen alles. Er erkannte, daß die Teufel seine Eltern gefangen hatten. Würden sie ihn auch erwischen? Aber Himmel und Erde hatten gelobt, daß dem Teufel seine Tricks niemals vollkommen gelingen sollten. Wie gerissen der Teufel auch sein mag, einen Fehler wird er immer machen, und besonders zur Chanukka-Zeit. Die Mächte des Bösen hatten es fertig gebracht, die Sterne zu verdecken, aber die einzige Chanukka-Kerze konnten sie nicht auslöschen. David sah das Licht und rannte darauf zu. Der Teufel hastete hinter ihm her. Kreischend und ihren Besen schwingend folgte des Teufels Weib. Mit ihrem Strick versuchte sie David einzufangen. Aber der rannte noch schneller als sie und erreichte die Hütte gerade noch vor dem Teufel. Als David die Türe öffnete, versuchte der Teufel, mit ihm hineinzuschlüpfen. David gelang es, die Türe hinter sich zuzuwerfen. Und dabei geriet des Teufels Schwanz zwischen die Türe.

»Gib mir meinen Schwanz zurück!« schrie der Teufel.

Und David antwortete: »Gib du mir Vater und Mutter wieder!«

Der Teufel schwor, daß er nichts von ihnen wußte, aber David ließ sich nicht täuschen.

»Du hast sie entführt, du verdammter Teufel!« rief David. Er nahm ein scharfes Beil und drohte dem Teufel, daß er seinen Schwanz abschlagen würde.

»Hab Mitleid mit mir. Ich hab' nur den einen Schwanz«, jammerte der Teufel.

Und zu seinem Weib sagte er: »Geh schnell zu dem Käfig hinter den schwarzen Bergen und bring den Mann und die Frau zurück, die wir in die Irre geführt haben.«

Das Weib stob auf dem Reifen davon und brachte die beiden bald zurück. Davids Vater saß auf dem Reifen und hielt sich an den Haaren der Hexe fest. Seine Mutter kam auf der weißen Ziege geritten; fest hatte sie die Hände in deren schwarzen Bart verkrallt.

»Deine Mutter und dein Vater sind hier. Gib mir meinen Schwanz«, sagte der Teufel. David schaute durch das Schlüsselloch und sah, daß seine Eltern wirklich da waren. Er wollte sofort die Türe öffnen und sie herein lassen, aber noch sollte der Teufel nicht befreit werden. David eilte ans Fenster, nahm die Chanukka-Kerze aus dem Leuchter und versengte dem Teufel den Schwanz.

»So, Teufel, jetzt wirst du immer daran denken«, rief er, »daß man an Chanukka keine Scherereien macht.«

Dann erst öffnete er die Türe. Der Teufel leckte seinen versengten Schwanz und rannte mit seinem Weib in das Land, wo sich weder Mensch noch Tier aufhält, wo der Himmel aus Kupfer ist und die Erde aus Eisen.

Zlateh die Geiss

Zur Chanukka-Zeit ist die Straße vom Dorf in die Stadt gewöhnlich mit Schnee bedeckt, aber in diesem Jahr war der Winter mild gewesen. Chanukka nahte, aber nur wenig Schnee war gefallen. Meistens schien die Sonne. Die Bauern klagten, weil das Wintergetreide wegen des trockenen Wetters nur eine magere Ernte versprach. Neues Gras sproß, und die Bauern trieben ihr Vieh auf die Weide.

Für Ruben den Pelzhändler war es ein schlechtes Jahr, und nach langem Zögern entschloß er sich, Zlateh die Geiß zu verkaufen. Sie war alt und gab nur noch wenig Milch. Der Stadtmetzger Feivl hatte acht Gulden für sie geboten. Für diese Summe konnte man Chanukka-Kerzen kaufen, Kartoffeln und Öl für die Pfannkuchen, Geschenke für die Kinder und andere Dinge, die zu Feiertagen im Hause nötig sind. Ruben befahl seinem ältesten Sohn Aaron, die Geiß in die Stadt zu bringen. Aaron verstand, was es hieß, die Geiß zu Feivl zu bringen, aber er gehorchte seinem Vater. Leah, seine Mutter, wischte sich Tränen vom Gesicht, als sie die Neuigkeit hörte. Aarons jüngere Schwestern, Anna und Mirjam, weinten laut. Aaron zog seine gesteppte Jacke an und setzte die Mütze mit den Ohrenklappen auf, band einen Strick um Zlatehs Hals und steckte zwei Käsebrote ein, die er unterwegs essen wollte. Aaron sollte die Geiß abends abliefern, die Nacht über bei den Metzgersleuten bleiben und am anderen Tag mit dem Geld zurückkehren.

Während sich die Familie von der Geiß verabschiedete und Aaron den Strick an ihrem Hals zurechtrückte, stand Zlateh geduldig und gutmütig wie immer da. Sie leckte Ruben die Hand. Sie schüttelte ihren dünnen, weißen Bart. Zlateh vertraute den Menschen. Sie wußte, daß sie immer gefüttert wurde und man ihr niemals etwas zuleide tat.

Als Aaron sie auf die Straße zur Stadt brachte, schien sie etwas erstaunt zu sein. Sie war nie zuvor in diese Richtung geführt worden. Fragend schaute sie zu ihm zurück, als wollte sie sagen: »Wohin führst du mich?« Aber nach einer Weile war sie wohl zu dem Ergebnis gekommen, daß eine Geiß keine Fragen stellen sollte. Dennoch, dieser Weg war anders als die gewohnten. Sie kamen an neuen Feldern, Weiden und strohgedeckten Hütten vorbei. Ab und zu bellte ein Hund und rannte hinter ihnen her, aber Aaron verjagte ihn mit seinem Stock.

Die Sonne schien, als Aaron das Dorf verlassen hatte. Plötzlich änderte sich aber das Wetter. Eine große schwarze Wolke, blau in der Mitte, zog von

Osten auf und breitete sich rasch über den ganzen Himmel aus. Kalter Wind blies. Tief flogen krächzend die Krähen. Zuerst sah es so aus, als wollte es regnen, aber dann fing es wie im Sommer zu hageln an. Es war noch früh am Tag, aber es wurde dunkel wie zur Dämmerung. Nach einer Weile löste Schnee den Hagel ab.

Aaron hatte in seinen zwölf Jahren schon jedes Wetter gesehen, aber einen Schneefall wie diesen hatte er noch nicht erlebt. Die Schneeflocken fielen so dicht, daß das Tageslicht verlöschte. Nach kurzer Zeit war der Weg völlig bedeckt. Eisiger Wind kam auf. Die Straße zur Stadt war eng und gewunden. Aaron wußte nicht mehr, wo er war. Er konnte durch den fallenden Schnee nicht hindurchschauen. Die Kälte durchdrang bald seine gesteppte Jacke.

Zuerst schien Zlateh den Wetterwechsel gar nicht zu beachten. Auch sie war zwölf Jahre alt und wußte, was Winter bedeutet. Aber als ihre Beine immer tiefer und tiefer im Schnee einsanken, drehte sie den Kopf und schaute Aaron verwundert an. Ihre sanften Augen schienen zu fragen: »Warum sind wir bei so einem Sturm draußen?« Aaron hoffte, daß ein Bauer mit seinem Marktwagen daherkäme, aber keiner kam.

Der Schnee fiel dichter in großen Flocken auf

den Boden. Aaron spürte unter seinen Stiefeln weiches, gepflügtes Feld. Er merkte, daß er vom Weg abgekommen war. Er konnte weder Osten feststellen noch Westen, wo das Dorf lag und wo die Stadt. Der Wind pfiff und heulte und trieb den Schnee in Wirbeln umher. Es sah aus, als ob weiße Kobolde über den Feldern Fangen spielten. Weißer Staub wirbelte auf. Zlateh stand still. Sie konnte nicht mehr laufen. Widerspenstig stemmte sie ihre gespaltenen Hufe in den Boden und meckerte, als ob sie darum bitten wollte, nach Hause geführt zu werden. Eiszapfen hingen von ihrem weißen Bart herunter, und ihre Hörner glänzten vom Eis.

Aaron wollte die Gefahr nicht zugeben, aber er wußte trotzdem, daß sie erfrieren würden, wenn sie keinen Unterschlupf fanden. Das war kein gewöhnlicher Sturm. Das war ein Blizzard, der schlimmste Schneesturm. Der Schnee reichte ihm bis zu den Knien. Seine Hände waren erstarrt, und seine Zehen konnte er nicht mehr spüren. Wie Holz fühlte sich seine Nase an, und er rieb sie mit Schnee ein. Zlatehs Meckern hörte sich wie Weinen an. Diese Menschen, denen sie so sehr vertraut hatte, hatten sie in eine Falle geführt.

Aaron begann zu Gott zu beten, für sich selbst und für das unschuldige Tier.

Plötzlich erkannte er die Form eines Hügels.

Was das wohl sein mochte? Wer hatte den Schnee zu so einem riesigen Haufen aufgetürmt? Zlateh hinter sich her zerrend ging Aaron darauf zu. Als er näher kam, sah er, daß es ein großer Heuhaufen war, den der Schnee zugedeckt hatte.

Aaron begriff sofort, daß sie gerettet waren. Unter großer Anstrengung grub er sich einen Weg durch den Schnee. Er war ein Dorfjunge und wußte, was zu tun war. Als er das Heu erreicht hatte, höhlte er ein Nest für sich und die Geiß aus. Wie kalt es draußen auch sein mag, im Heu ist es immer warm. Und Heu war Futter für Zlateh. Kaum hatte sie es gerochen, so war sie zufrieden und begann zu fressen. Draußen fiel weiter Schnee. Schnell deckte er den Durchgang wieder zu, den Aaron gegraben hatte. Aber ein Junge und ein Tier müssen atmen, und es war kaum Luft in ihrem Versteck. Aaron bohrte eine Art Fenster durch das Heu und den Schnee und hielt das Loch sorgfältig frei. Nachdem Zlateh sich satt gegessen hatte, setzte sie sich auf die Hinterbeine. Sie schien ihr Vertrauen in die Menschheit wiedergewonnen zu haben. Aaron aß seine zwei Käsebrote, aber nach dieser mühsamen Reise war er noch hungrig. Er schaute Zlateh an und bemerkte, daß ihre Euter voll waren. Er legte sich so neben sie hin, daß er sich die Milch in den Mund melken konnte. Die Milch war fett und schmeckte süß. Zlateh war es zwar nicht gewohnt, auf diese Weise gemolken zu werden, aber sie wehrte sich nicht. Im Gegenteil, sie schien Aaron dafür belohnen zu wollen, daß er sie in einen Unterschlupf geführt hatte, dessen Wände, Boden und Decke aus lauter Futter für sie bestand.

Durch das Loch konnte Aaron einen Blick nach draußen werfen. Der Wind trieb Schneeschauer vorbei. Es war stockdunkel, und er wußte nicht, ob es schon Nacht geworden war, oder ob der Schneesturm die Dunkelheit verursachte. Gott sei Dank war es im Heu nicht kalt. Das getrocknete Heu, Gras und Feldblumen, strömte die Wärme der Sommersonne aus. Zlateh fraß in einem fort; sie knabberte oben und unten, links und rechts. Ihr Körper gab Wärme ab, und Aaron kuschelte sich eng an sie. Er hatte Zlateh schon immer gern gehabt, aber jetzt war sie wie eine Schwester. Er war allein, von seiner Familie abgeschnitten, und er wollte reden. So sprach er mit Zlateh.

»Zlateh, was meinst du wohl, was aus uns werden wird?« fragte er.

»Mäh«, antwortete Zlateh.

»Wenn wir den Heuhaufen nicht gefunden hätten, wären wir beide jetzt schon steif gefroren«, sagte Aaron.

»Mäh«, antwortete Zlateh.

»Wenn weiter so viel Schnee fällt wie jetzt, müssen wir tagelang hier bleiben«, erklärte Aaron.

»Mäh«, meckerte die Geiß.

»Was bedeutet ›Mäh‹?« fragte Aaron. »Du solltest deutlicher sprechen.«

»Mäh, mäh«, war die Antwort der Geiß.

»Gut, lassen wir's bei ›Mäh‹«, sagte Aaron geduldig. »Du kannst nicht sprechen, aber ich weiß, du verstehst mich. Ich brauche dich und du brauchst mich, nicht wahr?«

»Mäh.«

Aaron wurde schläfrig. Er machte sich aus etwas Heu ein Kissen, lehnte den Kopf daran und schlummerte ein. Zlateh schlief auch.

Als Aaron die Augen öffnete, wußte er nicht, ob es Morgen oder Nacht war. Der Schnee hatte sein Fenster verstopft. Er versuchte es freizulegen, aber als er seinen Arm ganz hineingebohrt hatte, war er noch immer nicht draußen angelangt. Glücklicherweise hatte er seinen Stock bei sich und konnte so durchstoßen. Draußen war es immer noch dunkel. Schnee fiel, und der Wind heulte, zuerst mit einer Stimme und dann mit vielen. Manchmal klang es wie teuflisches Gelächter. Zlateh wachte auch auf, und als Aaron sie begrüßte, antwortete sie: »Mäh.« Ja, Zlatehs Sprache bestand nur aus einem Wort, aber das bedeutete so vieles. Jetzt sagte sie: »Wir müssen alles annehmen, was Gott uns gibt. Hitze, Kälte, Zufriedenheit, Licht und Dunkelheit.«

Aaron war hungrig aufgewacht. Er hatte seine Brote gegessen, aber Zlateh gab noch viel Milch.

Drei Tage blieben Aaron und Zlateh in dem Heuhaufen. Aaron hatte Zlateh schon immer gern gehabt, aber in diesen drei Tagen gewann er sie noch viel lieber. Sie nährte ihn mit ihrer Milch und half ihm, warm zu bleiben. Sie ermutigte ihn mit ihrer Geduld. Er erzählte ihr viele Geschichten, und immer spitzte sie die Ohren und hörte zu. Wenn er sie streichelte, leckte sie ihm Gesicht und Hände. Dann sagte sie »Mäh.« Und er wußte, das bedeutete: Ich hab' dich lieb.

Drei Tage fiel der Schnee, wenn auch nach den ersten Tagen nicht mehr so dicht, und der Wind hatte sich gelegt. Manchmal war es Aaron, als habe es niemals einen Sommer gegeben, als sei schon immer Schnee gefallen, solange er sich erinnern konnte. Er hätte niemals Vater und Mutter gehabt. Er wäre ein Schneekind, vom Schnee geboren, und Zlateh auch. Es war so ruhig im Heu, daß es bei dieser Stille in seinen Ohren brauste. Aaron und Zlateh schliefen die ganze Nacht und einen guten Teil des Tages. In Aarons Träumen war immer warmes Wetter. Er träumte von grünen Feldern, blühenden Bäumen, klaren Bächen und singenden

Vögeln. In der dritten Nacht hörte es zu schneien auf, aber Aaron wagte es nicht, in der Dunkelheit den Heimweg zu finden. Der Himmel wurde klar, der Mond schien und warf silberne Netze über den Schnee. Aaron grub sich aus und schaute sich die Welt an. Alles war weiß, ruhig, und träumte Träume von himmlischer Herrlichkeit. Groß und nah waren die Sterne. Der Mond schwamm am Himmel wie in einem See.

Am Morgen des vierten Tages hörte Aaron das Klingeln von Schlittenglocken. Der Heuhaufen lag nicht weit von der Straße. Der Bauer, der den Schlitten fuhr, zeigte ihm den Weg – nicht in die Stadt und zum Metzger Feivl, sondern heim ins Dorf. Aaron hatte im Heuhaufen beschlossen, sich niemals mehr von Zlateh zu trennen.

Aarons Familie und die Nachbarn hatten nach ihm und der Geiß gesucht, aber während des Sturms war keine Spur von ihnen zu finden. Sie fürchteten, daß sie verloren waren. Aarons Mutter und Schwestern beweinten ihn, sein Vater blieb still und traurig. Plötzlich kam einer der Nachbarn mit der Nachricht gerannt, daß Aaron und Zlateh die Straße herauf kämen.

Große Freude herrschte in der Familie. Aaron erzählte ihnen, wie er den Heuhaufen gefunden und wie Zlateh ihn mit ihrer Milch genährt hatte.

Aarons Schwestern küßten und umarmten Zlateh und gaben ihr etwas ganz besonders Gutes zu fressen: geschnitzelte Rüben und Kartoffelschalen, die Zlateh hungrig verschlang.

Niemand dachte jemals wieder daran, Zlateh zu verkaufen. Und nun, da das kalte Wetter endgültig eingesetzt hatte, brauchten die Dorfleute auch wieder Ruben des Pelzhändlers Dienste. Als Chanukka kam, konnte Aarons Mutter jeden Abend Pfannkuchen backen, und Zlateh bekam auch ihren Teil. Obgleich Zlateh ihren eigenen Stall hatte, kam sie oft in die Küche. Sie klopfte dann mit ihren Hörnern an die Tür, um anzuzeigen, daß sie einen Besuch machen wollte, und sie wurde immer hereingelassen. Am Abend spielten Aaron, Mirjam und Anna das Glückskreiselspiel. Zlateh lag neben dem Ofen und beobachtete die Kinder und das Flackern der Chanukka-Kerzen.

Mitunter fragte dann Aaron: »Zlateh, erinnerst du dich noch an die drei Tage, die wir zusammen verbrachten?«

Und Zlateh kratzte sich dann mit einem Horn den Hals, schüttelte den weißbärtigen Kopf und meckerte ihr »Mäh«, das alle ihre Gedanken ausdrückte und ihre ganze Liebe.